Die spektakulärsten Fälle von

Kriminalhauptkommissar Denkhaus

Ein weltberühmter Poet hat einmal gesagt: er habe nie von einem Verbrechen gehört, das er nicht selbst hätte begehen können!

Hans-Joachim Hein

Die spektakulärsten Fälle von Kriminalhauptkommissar Denkhaus

Bibliografische Information der Deutschen Nationalbibliothek
Die Deutsche Nationalbibliothek verzeichnet diese Publikation in der Deutschen Nationalbibliografie; detaillierte bibliografische Daten sind im Internet über http://dnb.dnb.de abrufbar.

© 2016 Hans-Joachim Hein
Satz, Umschlaggestaltung, Herstellung und Verlag: BoD – Books on Demand
ISBN 978-3-7392-6873-6

Inhalt

1. Der missglückte Mord   14
2. Der Tote unter der Brücke   26
3. Der Doppelgänger   35
4. Ein merkwürdiger Mensch   40
5. Die Entdeckung in der Zeitung   45
6. Das ungewöhnlich grausige Paket   50
7. Die Nacht im Wald   56

Vorbemerkungen

Es werden sieben Geschichten erzählt, die nur durch die Dienststelle unter Kriminalhauptkommissar Denkhaus lose miteinander zusammenhängen. Alle diese Kriminalfälle hat Hauptkommissar Hartmuth Denkhaus bearbeitet und schließlich gelöst. In jedem Fall war die Mitarbeit der KTU und der Spurensicherung sehr entscheidend. Denkhaus oblag die Koordinierung und die Ideenfindung, die schließlich zur Lösung der Fälle und Überführung der Täter führte. Ihm standen Kommissarin Lisa Meinicke und Kommissar Thomas Schmidt zur Seite. Die Protagonisten versuchten in den Geschichten ihr Ziel durch Hinterlist, zum Teil auch Mord, zu erreichen, was ihnen meistens auch gelang. Die Mordkommission konnte die beschriebenen Fälle lösen, sodass Denkhaus schließlich alles in allem zufrieden in Pension gehen konnte. Auch nach seiner Pensionierung wurde er noch oft um Rat gefragt.

Die erste Geschichte, nennen wir sie „Der missglückte Mord", ereignete sich schon vor einigen Jahren und hatte seinerzeit viel Staub in der Presse aufgewirbelt. Auch in diesem Fall bestand die Arbeit darin, das Ergebnis der kriminellen Energie aufzuklären. Selten, zu selten, bestand sie darin, ein Verbrechen zu verhindern. Es musste immer erst ein Verbrechen geschehen, um dann durch seine Aufklärung ein weiteres zu verhindern.

Im Folgenden werden einige Fälle der Mordkommission vorgestellt, die Hauptkommissar Denkhaus mit seiner Gruppe erfolgreich abschließen konnte.

Je nach Bedarf und Aufgabenbereich stießen Mitarbeiter der SpuSi und der KTU dazu. Brauchte man eine Sonderkommission, kamen viele Leute zusammen. Die Rechtsmedizin war bei einem Mord immer dabei. Alle kannten sich gut und Hartmuth kannte sie alle. Die Aufgaben und Zeiten sowie die konkreten Arbeiten wurden schließlich vom Chef verteilt. Dann gab es eine Arbeitsbesprechung. So war es auch heute. Sie hofften nun bald die sieben Fälle abzuschließen, die sie schon fast fünf Jahre lang beschäftigten. Denkhaus wollte diese Fälle lösen, bevor er in Pension ging. Er hatte ein gutes Bauchgefühl, dass es ihm gelingen würde. Die Ereignisse, die Denkhaus zur Chefsache machte, drängten ihn zum Handeln. Irgendwie ärgerte er sich darüber, dass er nicht so recht weiterkam. Was hatte er übersehen, was falsch gemacht und wo hatte er geschludert?

Auf der anderen Seite beschlich ihn immer so etwas wie Mitgefühl, manchmal auch gepaart mit Wut.

Wie kam der Täter dazu, das zu tun, was er dann tat? Am Ende der Kette stand oft ein Mord. Das unwiederbringliche Auslöschen eines Lebens.

Die erste Geschichte erzählt von einem Mord, der nicht gelang. Letztlich, weil der Mörder überhastet und nicht kontrolliert gehandelt hat, weil er keinen Menschen töten, sondern sich von einer Last befreien wollte. Dafür schien ihm ein Mord der einzige und sicherste Weg zu sein.

Die Ereignisse und Personen sind ausnahmslos fiktiv. Namen von Personen oder Orten sowie Ereignisse sind frei erfunden.

Exposee

1. Der missglückte Mord

Der Protagonist will seine Frau beseitigen. Es wird ein Giftmord geplant. Die vermeintliche Leiche wird in einem Plastesack verpackt und ins Wasser geworfen. Die Frau kann sich aber befreien. Es gelang ihr, an Land zu kommen, und sie wird unmittelbar darauf lebend gefunden, ins Krankenhaus gebracht und überlebt. Der vermeintliche Mörder flieht und kommt schließlich nach Neuseeland. Dort fängt er ein neues Leben an. Doch nach einigen Jahren holt ihn die Vergangenheit ein. Seine Tochter, die in Österreich lebt, liefert in einer Befragung durch den Hauptkommissar die entscheidenden Hinweise. Der vermeintliche Mörder wird in Wellington in der luxuriösen Villa seiner neuen Frau verhaftet.

Erst beim Prozess erfährt er, dass die Frau, die er glaubte getötet zu haben, mit einer neuen Identität lebt. Er wird verurteilt. Allerdings mit der Auflage, sich einer psychiatrischen Behandlung zu unterziehen.

2. Der Tote unter der Brücke

In der zweiten Geschichte wird ein Geschäftsmann heimtückisch umgebracht. Das Gift nimmt das Opfer selbst und freiwillig zu sich, ohne über den Stoff detailliert Bescheid zu wissen. Das macht die Überführung des Täters schwierig. Die Leiche wird zwei Wochen nach dem Tod in der Nähe eines Fußweges unter einer Brücke gefunden. Der Kollege des Toten meldet sich bei der Polizei und gerät in Verdacht. Das Team von Hartmuth Denkhaus erfährt, dass im Labor eines Pharmaunternehmens die giftige Substanz für Forschungszwecke hergestellt und aufbewahrt wird. Weitere Personen geraten in Verdacht. Dem in Untersuchungshaft einsitzenden externen Mitarbeiter kann der Mord nicht zweifelsfrei nachgewiesen werden. Er musste entlassen werden. Monate später ergaben sich neue Indizien, sodass der Prozess wieder aufgerollt wird.

3. Der Doppelgänger

Der Protagonist Karl trennte sich von seiner Frau. Als Grafiker bekam er keine Arbeit und lebte mit einem befreundeten Kollegen und früheren Studienkameraden in einer WG. Er arbeitet seinem Freund Richard zu. Da Karl der Begabtere war und sein Freund einen sicheren Arbeitsplatz hatte, ging es ihnen gut. Doch Karl fühlte sich gegängelt und wollte endlich auf eigenen Füßen stehen. So sann er nach einer Möglichkeit, in Richards Haut zu schlüpfen, um seine Stelle einzunehmen. Als er sich eines Tages etwas genauer vor dem Spiegel betrachtete und bemerkte, dass er seinem Freund Richard ähnlich sah, kam ihm eine Idee. Auf einer Dienstreise verunglückte Richard tödlich. Da Karl, nicht ganz zufällig, in der Nähe war, tauschte er seine Sachen und Papiere mit denen von Richard und nahm seine Identität an. Es geschah genauso, wie er es sich immer vorgestellt und gewünscht hatte. Durch einen Zufall kam schließlich die

Sache heraus. Schließlich wurde Karl zu fünf Jahren Haft auf Bewährung verurteilt.

4. Ein merkwürdiger Mensch

Nach der nicht zweifelsfrei nachgewiesenen Vergewaltigung einer jungen Orientalin begann der vermutliche Täter ein neues, zurückgezogenes Leben. Er fiel in keiner Weise auf, sodass selbst die Mitbewohner ihn kaum kannten, ihn aber als sehr ruhigen und korrekten Menschen akzeptierten. Eines Tages gab es in der Wohnung des „Unbekannten" eine Explosion. Er wurde mit einer ferngezündeten Paketbombe getötet. Der Bruder der von ihm vor drei Jahren vergewaltigten Frau hatte ihn aufgespürt und seine Schwester gerächt.

5. Die Entdeckung in der Zeitung

Durch eine Zeitungsnotiz wird ein Ehepaar aufgeschreckt. Die Leiche einer Frau wurde gefunden. Auf dem Bild in der Zeitung erkennen die beiden eine frühere Bekannte, die als vermisst galt. Noch am selben Tag fanden sie in ihrem Fotoalbum ein Foto, auf dem die Vermisste mit ihrem damaligen Verlobten beim Picknick zu sehen war. Sie gingen am darauffolgenden Tag mit dem Foto zur Polizei. Einige Monate später hatte die Kriminalabteilung von Denkhaus den stark verdächtigen Verlobten in einer psychiatrischen Klinik im Ausland aufgespürt. Es erfolgte daraufhin die Überführung nach Deutschland. Der Mord konnte ihm zweifelsfrei nachgewiesen werden. Ein reales Motiv indes fehlte. Er wurde wegen Mordes verurteilt. Die Strafe saß er in der Psychiatrie ab.

6. Das ungewöhnlich grausige Paket

Mit der Post kam ein ungewöhnlich sorgfältig verschnürtes Paket. In ihm befand sich in einer Plastiktüte der Kopf einer Frau mittleren Alters.
Der Schock saß tief.
Der Empfänger war vor Jahren mit der Frau befreundet. Ihre Wege trennten sich, da sie einen anderen Mann aus ihrer Gruppe kennenlernte. Es war ein schräger Typ und alle haben sich gewundert, dass sie zusammenfanden.

Er meldete sich bei der Polizei und berichtete über das seltsame Paket. Kommissar Schmidt nahm das Protokoll auf. Noch am selben Nachmittag kamen Denkhaus und Schmidt nebst Spurensicherung und Vertretern der KTU. Es begannen intensive Ermittlungen. Der Mörder wurde nach eineinhalb Jahren gefunden und verurteilt.

7. Die Nacht im Wald

Sarah war zwölf Jahre alt und nachmittags allein mit ihrem Onkel zu Hause. Die alleinerziehende Mutter kam nie vor halb sechs heim. An einem Freitagnachmittag sah ihr Mitschüler Timm, der gegenüber wohnte, dass Sarah schreiend aus dem Haus in den nahe gelegenen Wald rannte. Aber sie kam nicht wieder zurück, als es dunkel wurde. Timm wollte sie suchen gehen. Er rief seine Freunde an. Sie kamen mit. Timms Hund Struppi begleitete sie. Als sie Sarah verwirrt, aber offenbar unverletzt fanden, informierten sie über Timms Handy die Rettungsstelle und die Polizei. Sarah kam ins Krankenhaus. Der Onkel war verschwunden. Die Polizei fand seine Leiche im Wald. Er hatte sich erhängt. Wie die Polizei schnell feststellte, war er schon vor Jahren wegen sexueller Belästigung Minderjähriger ins Fadenkreuz polizeilicher Ermittlungen geraten.

1. Der missglückte Mord

Wenn Grundke am Abend allein zu Hause war, und das kam immer häufiger vor, dachte er an die Zeit, in der er glaubte, bis an das Ende seiner Tage glücklich zu sein. Dann drängten sich nur noch die Erinnerungen an den Niedergang auf. Wie hatte es angefangen? Ähnlich wie bei einer alten Schallplatte, die einen Sprung hat. Es ging nicht weiter. Immer wieder dasselbe, viele tausend Mal. Dieser Streit, diese Rechthaberei. Sie müsste weg sein, einfach so. Weg aus dem Gedächtnis. Er konnte sie nicht mehr ertragen. Warum gibt es kein Mittel, das selektiv Erinnerungen im Gehirn löschen kann?

Mein Gott, dachte er, bin ich krank? Sollte ich zum Arzt gehen?

So erging es ihm immer häufiger. Er konnte es einfach nicht mehr aushalten.

Er erinnerte sich! Sie trank gerne ein Glas Wein zum Abend, manchmal auch zwei! Dann nahm sie Tabletten, die sich mit Alkohol nicht vertrugen. Immer wieder hämmerte diese Geschichte in seinem Kopf. Es begann mit einem handfesten Streit. Wieder einmal! Aber irgendwann musste Schluss sein. Er hatte nicht mehr die Nerven. Da nun alles vorbei war, ließ er das Geschehene Revue passieren.

Wie hatte er bloß die Wirkung jener giftigen Mischung gefunden? Er wusste es nicht mehr genau. An einer Katze hatte er es ausprobiert. Sie verendete innerhalb einer Stunde und hatte offenbar keine Schmerzen, wurde einfach müde und schlief ein. Genau das Richtige. Ja, dann ist es passiert. Gegen Mitternacht war Lisa offensichtlich tot. Es war furchtbar und erlösend zugleich.

Doch es tat ihm plötzlich so schrecklich leid. War sie wirklich tot? Ihr Gesicht wirkte total entspannt. Er wollte es sicherheitshalber noch einmal testen. Den Puls konnte er nicht fühlen. Ein Spiegel, vor Mund und Nase gehalten, beschlug nicht, sie fühlte sich kühl an.

Das musste genügen. Die Zeit war knapp. Bei der Katze hatte es ja auch geklappt. Wenn schon, dann würde sie eben ertrinken! Er musste es nur so geschickt anstellen, dass man ihre Leiche, wenn überhaupt, erst nach Jahren finden würde.

Aber darüber zu sinnieren blieb keine Zeit.

Er hatte alles vorbereitet und verstaute Lisas Leiche in einem großen blauen Müllsack und trug ihn zum Auto. Es war vor dem Haus geparkt, so wie häufig in den letzten Wochen. Gelegentlich fuhr er unter irgendeinem Vorwand auch noch spätabends weg und verstaute einen großen Müllsack vollgestopft mit Papier im Wagen. Es sollte nicht auffallen, wenn er eines Tages darin eine Leiche transportierte. Der Sack wurde mit einer Kunststoffschnur verschnürt, so wie man sie als Wäscheleine zu kaufen bekommt. Später wurden die gesammelten schweren Steine sorgfältig daran befestigt.

Er schleppte den Sack zum Auto. Holte die Steine aus ihrem Versteck und befestigte sie. Etwa gegen Mitternacht war es geschafft. Am Fluss hatte er ihn von der Brücke an einer Leine in die Saale herabgelassen. Es sollten möglichst keine Geräusche entstehen und der Sack sollte nicht beschädigt werden. Die Brücke wurde nicht benutzt und es war verboten, sie zu befahren. Vor zwei Jahren wurde sie fertiggestellt und stand seitdem ungenutzt. Nachdem sich bei der Planung der Umgehungsstraße ein Fehler eingeschlichen hatte und das Geld ausging, passierte nichts mehr.

Grundke hielt etwa in der Mitte der reichlich fünfzig Meter langen Brücke an, kontrollierte die Befestigung der Steine, ließ die Last herunter und schnitt das Seil ab. Auf der flussabwärts zugewandten Seite fehlte ein Stück Geländer, was die Prozedur erleichterte. Der Sack versank sofort. Einen Augenblick sah man, wie er mit der Strömung fortgerissen wurde. Die Stelle war gut gewählt, weil wenige Meter stromabwärts das Flussbett vom vielen Schlick sumpfig wurde.

So gut es ging, beseitigte er alle Spuren. Der einsetzende Schneefall half dabei. Schließlich war alles vollständig vom Schnee bedeckt. Grundke bemerkte aber nicht, dass der Sack bei dieser Prozedur beschädigt wurde.

Die Gedanken liefen in seinem Gedächtnis wie ein Film ab. Er konnte nichts dagegen tun und war nun völlig emotionslos. Die Spannung war von ihm abgefallen wie lästiger Straßenstaub.

Zu Hause angekommen ging er todmüde ins Bett. Es hatte länger gedauert als gedacht. Am späten Morgen erwachte er und war allein. Es war spät und es hatte die ganze Nacht hindurch geschneit, mindestens zwanzig Zentimeter. Das war gut. Spuren würde es also nicht geben und Spaziergängern würde auch nichts auffallen, obwohl ein Weg sehr dicht am Ufer vorbeiführte und stark frequentiert wurde. Vor allem bei dem jetzt strahlenden Sonnenschein und dem frisch gefallenden Schnee.

Er ordnete alle seine Papiere. In den Tagen zuvor hatte er genügend Geld abgehoben. Am Nachmittag fuhr er mit dem Auto zum Flughafen, ließ es dort stehen und fuhr mit der Bahn zurück. Man sollte glauben, dass er mit dem Flugzeug geflohen war, wenn man sein Auto fand. Am Hauptbahnhof spuckte der

Automat eine Fahrkarte für den Abendzug nach München aus. Blöd nur, dass er am Morgen die Nachbarin traf.

„Nanu, wo soll es denn hingehen?", tönte sie.

„In den Urlaub, dorthin, wo es wärmer ist. Meine Frau ist schon vorgefahren. Sie will noch ihre Schwester für ein paar Tage besuchen."

„Wie lange bleiben Sie denn"?

„Mindestens vier Wochen!"

In München hatte er den ganzen Tag Zeit, um sich eine neue Frisur machen zu lassen. Mit dem Nachtzug fuhr er über Florenz nach Rom. Grenzkontrollen gab es Gott sei Dank nicht mehr. Ursprünglich wollte er in Rom einige Zeit bleiben. Er mietete ein sehr preisgünstiges Zimmer. Man nahm es mit den Papieren nicht so genau. Doch seine Ruhe war dahin. Er unternahm ausgedehnte Spaziergänge, fuhr nach Neapel, bestieg den Vesuv und fuhr für einen Tag rüber nach Capri. Er wollte einfach auf andere Gedanken kommen. Aber das war schwieriger, als er dachte.

Pompeji und die Wanderung auf den Vesuv hatten ihn sehr beeindruckt. Die Bootsfahrt von Neapel nach Capri und der Tag auf der Insel haben ihn die letzten Wochen fast vergessen lassen.

Schließlich war seine relative Ruhe dahin. Er musste wieder fort. Einem inneren Druck folgend führte ihn seine Reise über Madrid und Lissabon nach Montevideo. Auch hier ging es ihm nicht besser. Er veränderte sein Äußeres und reiste schließlich mit einem neuen Pass, der auf den Namen Rudolf Grün ausgestellt war, nach Neuseeland.

Er recherchierte in einem der vielen Cafés im Internet. Nach reiflicher Überlegung entschied er sich in der Nähe von Wellington eine neue Existenz aufzubauen, so weit weg von Deutschland, wie es eben möglich war. Als er dort ankam, mietete er eine kleine Wohnung. Die Landschaft begeisterte ihn. Der Blick aus dem Fenster seiner Wohnung eröffnete ihm ein herrliches Panorama über Teile der Stadt auf die Bucht und das Meer, eingerahmt von den umliegenden Bergen. Eine Ansicht, die einer Ansichtskarte würdig gewesen wäre. Die Kulisse bot ihm allabendlich das erhebende Schauspiel des Sonnenuntergangs. War das ein Omen für seine Zukunft?

Schon nach vierzehn Tagen fand er ein attraktives Stellenangebot in der Zeitung. Man suchte dringend einen Mitarbeiter in einem Nahrungsmittelvertrieb. Er meldete sich und bekam die Stelle. Da Rudolf Deutsch sprach, nahm man ihn gerne, denn man wollte die Beziehungen nach Deutschland ausbauen. Ganz wohl war ihm dabei nicht, aber im Augenblick gab es keine andere Wahl. Außerdem sprachen einige Kollegen deutsch neben dem gewöhnungsbedürftigen Englisch. Er war erfolgreich. Es gelang ihm, ein vertraglich abgesichertes Geschäft mit einem deutschen Unternehmen abzuschließen. Seine Freunde und Bekannten sahen in ihm einen Senkrechtstarter. Sein Chef mochte ihn und seine Zukunft schien gesichert.

Zirka sechs Wochen nach seinem Verschwinden aus der Pappelstraße 12 a meldeten die früheren Mitbewohner die beiden Mieter von Wohnung drei als vermisst, weil sie nicht mehr gesehen wurden und Herr Grundke der Nachbarin erzählte, dass sie ungefähr vier Wochen bleiben wollten. Aber wo, das wusste niemand. Der Nachbarin kam es merkwürdig vor, weil der Briefkasten schon überquoll. Wenn es auch ausschließlich Zeitungen, Zeitschriften und Mahnungen waren. Die Nachbarin entnahm die Zeitungen, um wieder Platz zu schaffen. Offenbar waren sie nicht abgemeldet. Die Polizei unter Leitung von Kriminalhauptkommissar Hartmuth Denkhaus durchsuchte die Wohnung, konnte aber zunächst nichts Verdächtiges entdecken. Sie wurde versiegelt und das Inventar beschlagnahmt. Von verschiedenen Gegenständen wurden Fingerabdrücke sichergestellt und die DNA von Thomas und Lisa bestimmt. In den entsprechenden Registern der Polizei waren sie nicht zu finden. Wenige Tage später wurden die Unterlagen an Interpol zur Fahndung weitergeleitet. Denkhaus und sein Team nahmen an, dass Grundke etwas mit der Tötung seiner Lebensgefährtin zu tun hatte. Nach einem Jahr glaubte man schließlich eine Spur gefunden zu haben, die nach Rom führte, sich aber bald wieder verlor. Angehörige konnten zu diesem Zeitpunkt noch nicht ermittelt werden.

Eines Tages las man in der lokalen Presse:

„Es wurde die Leiche einer etwa vierzigjährigen Frau bei Arbeiten an der Brücke für die neue Umgehungsstraße im Flussbett der Saale gefunden. Taucher untersuchten am Grund des Flusses die Fundamente der Brücke und testeten die Voraussetzungen für ihre Standfestigkeit und Belastbarkeit. Die Leiche war in einem Müllsack sorgfältig verpackt. Wer weitere Angaben zur Person und zu den Umständen ihres Todes sowie zur Person und dem Verbleib des mutmaßlichen Mörders machen kann, wird gebeten, sich in unserer oder einer anderen Polizeidienststelle zu melden. Für Hinweise, die zur Ergreifung des Täters führen, ist eine Belohnung von dreitausend Euro ausgelobt."

Es folgte ein Bild, auf dem Thomas und Lisa abgebildet waren. Diese Anzeige war aber aus ermittlungstaktischen Gründen nicht korrekt.

Lisa wachte, kurz nachdem der Sack ins Wasser plumpste, auf.

Sie konnte sich allerdings, kurz nachdem sie im Müllsack untertauchte, selbst befreien und ans Ufer gelangen. Sie hatte eine Ausbildung als Rettungsschwimmerin. Aber das wurde bewusst verschwiegen.

Vom vermisst gemeldeten Thomas Grundke fehlte nach wie vor jede Spur.

Inzwischen waren nahezu drei Jahre vergangen.

Es gab zwei Möglichkeiten: Der Mann hatte Selbstmord verübt oder er war auf der Flucht. Es wurde in beide Richtungen mit Hochdruck ermittelt. Eine passende Leiche hatte man bisher nicht gefunden. Also musste er geflüchtet sein und sich versteckt halten. Das wurde nun immer wahrscheinlicher.

Während dieser Zeit ging es Rudolf Grün gut. Die Vergangenheit hatte er weitgehend verdrängt. Es gab in Wellington einen Deutschclub, den er einmal im Monat besuchte, um Neuigkeiten, vor allem aus Deutschland, zu erfahren und um deutsch sprechen zu können. Eines Tages, es waren seitdem einige Jahre vergangen, kam er sehr nachdenklich, ja beinahe verstört nach Hause und es dauerte lange, bis er sich wieder beruhigt hatte. Aber es blieb eine innere Unruhe. Was war passiert?

Im Club las er in einer alten Zeitung über den Fund von Lisas Leiche. Fortan ging er nur noch selten in den Club. Er begründete sein Verhalten mit der starken Arbeitsbelastung.

Rudolf Grün hatte vier Jahre zuvor eine hübsche, engagierte, junge und nicht unvermögende Frau geheiratet. Mit ihr hatte er zwei Kinder. Einen Jungen und zwei Jahre später noch ein Mädchen. Sie führten eine gute Ehe, hatten Freunde und verkehrten mit den Verwandten seiner Frau. Sie wusste so gut wie nichts über sein bisheriges Leben. Er hatte sich eine nicht nachprüfbare Legende für die kritischen Zeiten seiner Vergangenheit ausgedacht. Aber der Schatten der Vergangenheit ließ sich nicht abschütteln und überfiel ihn spontan auch bei geringsten Anlässen.

Grüns waren bekannt und geachtet. Sie wohnten in der Villa seiner Frau. An einem Donnerstag, fast zehn Jahre nach jenem Ereignis in Deutschland, klingelte das Telefon und es meldete sich ein Beamter der Stadtverwaltung, der ihn persönlich sprechen wollte. Mit Mühe konnte er den Termin auf einen Montag verschieben, denn seine Frau war montags geschäftlich außer Haus. Alles, was Rudolf Grün, alias Thomas Grundke, glaubte vergessen zu haben, hatte ihn nun eingeholt, war plötzlich wieder da. Was wollte der Beamte?

Hatte der Besuch etwas mit dem Ereignis vor zehn Jahren in Deutschland zu tun? Wohl kaum, denn die Beseitigung der Leiche schien ihm perfekt gelungen. Die Frauenleiche, von der er in der Zeitung eine kurze Notiz las, war zweifellos Lisa! Wurde der Sack tatsächlich von Bauarbeitern gefunden, die den Auftrag hatten, die Fundamente der Brücke zu prüfen? Wenn diese Untersuchung nicht angeordnet worden wäre, hätte man die Leiche wahrscheinlich nie gefunden, überlegte er. Aber das half ihm nicht!

Was Rudolf Grün, alias Thomas Grundke, nicht wusste: Lisa lebte! Das wurde streng geheim gehalten und die Presse nicht korrekt informiert. Sie wurde eingeschaltet, um bewusst diese falsche Information zu verbreiten. Lisa zog in eine andere Stadt und bekam eine neue Identität. Was war passiert?

Wenige Augenblicke nachdem der Müllsack im flachen Wasser zur Ruhe kam, wurde Lisa wach. Da sie ausgebildete Rettungsschwimmerin war, konnte sie sich unter Aufbietung aller ihrer

Kräfte befreien und ans Ufer gelangen. Es schneite, aber es war windstill und nicht sehr kalt. Sie lief ein Stück, erreichte den Uferweg und wurde bewusstlos. Jogger fanden sie kurz danach in aller Herrgottsfrühe und der gerufene Notarzt brachte sie sofort ins Krankenhaus. Sie lebte noch, war aber nicht ansprechbar. Sie lag längere Zeit im Koma und die Ärzte kämpften um ihr Leben. Wie durch ein Wunder überlebte sie und konnte im Spätsommer das Krankenhaus verlassen. Sie zog um in ein betreutes Wohnen. An jene verhängnisvollen Tage konnte sie sich nicht mehr erinnern.

Man war sich auch nicht sicher, ob Grundke bei einem ähnlichen Verbrechen, das damals zum Tode einer Frau führte, der Mörder war.

Zunächst nahm man aber an, dass sich Grundke das Leben genommen hatte. Doch auch die Suche nach der Leiche von Thomas Grundke blieb nach wie vor erfolglos. Unter der Leitung von Hartmuth Denkhaus wurde eine Sonderkommission gebildet, die ihre Ermittlungen in der Sache Grundke wieder aufnahm.

Wie sich herausstellte, hatte Thomas Grundke eine Tochter aus erster Ehe, die mit achtzehn Jahren ein selbständiges Leben begann und bald nach der Scheidung ihrer Eltern aus der gemeinsamen Wohnung auszog. Sie hatte in Österreich ein eigenes Leben aufgebaut. Da sie gelegentlich deutsche Zeitungen las, stieß sie auch auf die Meldung von Lisas Tod und auf dem Foto, das der Meldung beigefügt war, erkannte sie ihren Vater. Sie ging zur Polizei und meldete sich als Tochter des Gesuchten. Sie war auch bereit, ihre DNA der Polizei zu geben. Denkhaus befragte sie zur Person ihres Vaters. Von einer Lebensgefährtin wusste sie nichts. Sie sagte aus, dass er sich mit ihrer Mutter ständig gestritten hätte. Manchmal hätte er sie auch geschlagen. Schließlich war das der Grund dafür, dass sie abgehauen sei. Seit ihrem Auszug vor etwa zwölf Jahren hatte sie keinerlei Kontakt mehr zu ihrem Vater. Ihre Mutter kam bei einem Autounfall ums Leben.

Aber Denkhaus erfuhr nebenbei, dass Thomas Grundke vor Jahren einmal in psychiatrischer Behandlung war.

Es müsste doch rauszukriegen sein, woran er erkrankt war, ob er eine Therapie machte und gesund wurde. Hartmuth saß in seinem Dienstzimmer am Schreibtisch und malte auf ein herumliegendes Papier. Er brauchte das, um nachzudenken!

Denkhaus versammelte alle Mitarbeiter seiner Kommission im Dienstzimmer. Es wurden die Fakten zusammengetragen. Ein wichtiger Hinweis war die Erkrankung von Grundke. Man hatte schließlich seinen früheren Arzt ausfindig gemacht.

Grundke war unter anderem manisch-depressiv gewesen und wurde medikamentös behandelt. Nach einigen Jahren hatte man die Therapie aber abgebrochen, da man der Meinung war, der Patient sei gesund. Allerdings wurden ihm noch einige Verhaltensmaßregeln empfohlen. Bis zum Tage des Verbrechens an Lisa ist er auch nicht mehr auffällig geworden.

An jenem entscheidenden Montag war der Morgen in Wellington hell und klar. Er kündigte einen schönen Sommertag an. Rudolf alias Thomas hatte schlecht geschlafen. Er war aufgeregt, bemühte sich aber, seine Aufregung zu verbergen. Um zehn Uhr klingelte es. Rudolf öffnete und vor ihm stand ein junger, adrett gekleideter Mann, etwa Mitte bis Ende dreißig. Er wurde begleitet von zwei weiteren Herren gleichen Alters. Der Besucher stellte sich als Kommissar Smith vor und er würde im Auftrag von Interpol ermitteln. Es ginge um einen Mord in Deutschland vor zehn Jahren. Er hätte Fragen zu seiner Person, wie und warum er nach Neuseeland gekommen sei und so weiter. Offenbar wusste Smith gut Bescheid und kannte auch seinen deutschen Namen. Jetzt ist es aus, ging es Rudolf ständig durch den Kopf. Gleichzeitig merkte er, wie seine innere Ruhe zurückkehrte. Intuitiv spürte er, dass er keine Chance mehr hatte. Smith gab Rudolf den Rat, sich seiner Frau zu offenbaren. Als er es tat, bekam Carola einen Nervenzusammenbruch und musste in die Klinik. Ihre letzten Worte: „Ich habe es gewusst, ich habe es immer geahnt", klangen in ihm noch lange nach.

Am Mittwoch der folgenden Woche bestand für die Polizei kein Zweifel mehr, nachdem der DNA-Vergleich positiv ausgegangen war. Am nächsten Tag wurde er abgeholt, ohne seine Frau noch einmal zu sehen. Sie wollte einfach nicht mehr. Ihm war es schließlich recht. Die Kinder waren zu klein und es würde Carolas Sache sein, es ihnen eines Tages zu erklären, oder auch nicht.

Trotz seines zur Tatzeit labilen Gesundheitszustandes wurde Thomas Grundke wegen der Schwere seiner Tat zu sechs Jahren und neun Monaten Gefängnis verurteilt, mit der Auflage, sich einer psychiatrischen Behandlung zu unterziehen.

Als Thomas im Gerichtssaal erfuhr, dass Lisa noch lebte, brach er zusammen.

Der unter ähnlichen Umständen erfolgte Mord an einer Frau zwei Jahre vor diesem Mordversuch konnte ihm nicht nachgewiesen werden.

Auf Anregung seines Rechtsanwalts begann Thomas Grundke im Gefängnis seine Biografie zu schreiben. Auch sein Arzt hat ihn dazu ausdrücklich ermuntert.

Die Biografie war nach drei Jahren fertig geschrieben. Bald darauf starb er als ein gebrochener Mann. Nur seine Tochter hat ihn noch einige Male im Gefängnis besucht.

2. Der Tote unter der Brücke

Es war ein Scheißwetter, kalt und regnerisch. Hartmuth Denkhaus saß am Schreibtisch, kaute an seinem Bleistift und malte auf ein Blatt Papier. Die Kollegen hänselten ihn wegen dieser Angewohnheit, wussten aber auch, dass er nur auf diese Weise am schnellsten eine Spur, eine Lösung fand! Trotzdem wollte es heute nicht vorangehen. Sie wussten noch nichts, so gut wie nichts.

Das Telefon klingelte. Er wollte schon wieder auflegen, hörte dann aber aufmerksam zu. Eine offenbar ältere Dame war dran.

„Herr Kommissar, ich habe eine Leiche gefunden, das heißt, genauer gesagt mein Foxi war das. Ach, pardon, das ist mein Hund. Können Sie mal vorbeikommen?"

Sie nannte ihren Namen und wollte auf ihn warten! Als sie ankamen, war der Fundort unter der Brücke schon abgesperrt.

Die Leiche unter der Brücke gehörte einem zirka 45 Jahre alten mittelgroßen Mann. Es gab keine Anzeichen von Gewalt. Sie lag etwa zwei Wochen im Gebüsch, obwohl ein Fußweg nur etwa dreißig Meter vom Fundort entfernt vorbeiführte, wurde die Leiche erst jetzt entdeckt. Am nächsten Vormittag riss ihn das Klingeln des Telefons aus seiner Grübelei.

„Hören Sie, Herr Kommissar, ich könnte Ihnen einen Tipp geben zur Leiche, die Sie gestern gefunden haben."

„Hallo, wer ist denn dort und was haben Sie zu sagen? Mist! Aufgelegt!" Dieser Mensch hat also schon die Zeitung gelesen. Heute früh stand bereits eine Notiz in der „Mitteldeutschen".

„Lisa, kannst du herauskriegen, woher der Anruf kam?"

Hartmuth wollte, dass sie mit diesem Typen einen Termin in der Stadt ausmacht. Ein paar Minuten später hatte Lisa Zeit und Ort ermittelt.

„Morgen sechzehn Uhr am Francke-Platz vor dem Café ‚Hopfgarten'. Bedingung: Du sollst allein kommen."

„Gut, das passt! Thomas und du, ihr haltet euch für alle Fälle in der Nähe auf. Am besten, ihr geht rüber ins Café ‚Steinecke'. Von dort habt ihr alles im Blick."

Gleich nach der Mittagspause fuhr Hartmuth zu Dr. Krause in die Rechtsmedizin.

„Hallo, Winfried, was hast du gefunden?"

„Grüß dich, Hartmuth, genau genommen noch nichts Greifbares, aber der Unbekannte ist nicht auf natürliche Weise gestorben! Zeichen äußerer Gewalt konnte ich allerdings nicht entdecken. Es sieht nach Gift aus! Die toxikologische Untersuchung einiger Organe dauert aber etwas länger."

„Wie lange?"

„Wenn wir uns beeilen, drei Tage."

„Dann beeilt euch mal!"

Da der Tote keine Papiere bei sich hatte, schien sich die Identifizierung schwierig zu gestalten. Auch das Vermisstenregister führte nicht weiter.

Hartmuth war pünktlich vor dem „Hopfgarten". Kurz darauf kam ein Mann auf ihn zu und stellte sich als Dieter Schmalfuß vor. Irgendwie wirkte dieser Mensch äußerst unsympathisch. Sie nahmen an einem freien Tisch Platz und Denkhaus fragte ihn:

„Was haben Sie mir zu sagen?"

„Mein Geschäftspartner, Herr Metternich, ist seit etwa zwei

Wochen nicht mehr aufgetaucht. Vorgestern hatten wir einen wichtigen Termin und dann las ich heute früh von ihrem Leichenfund. Hier ist ein Foto von Metternich. Es ist etwa vier Wochen alt und während unserer Jubiläumsfeier („10 Jahre Metternich & Co') aufgenommen worden."

„Vielen Dank! Das wird uns weiterhelfen."

„Ist doch selbstverständlich. Ich bin ja selbst an der Aufklärung interessiert, wie Sie sich denken können."

„Herr Schmalfuß, ich darf Sie bitten, sich zu unserer Verfügung zu halten."

In der Tat, es ist dieselbe Person, die sie auf ihrem Ermittlungsfoto hatten.

Jetzt gab es frischen Wind und viel zu tun. Die Identität war also klar. Doch wer waren die anderen Personen auf dem Bild?

Hartmuth saß wieder am Schreibtisch und kaute an seinem Bleistift. Von Zeit zu Zeit malte er etwas auf ein Blatt Papier. Schließlich stand fest, der Tote war Peter Metternich.

Es gab drei Personen mit einem Motiv, denn Herr Schmalfuß hatte erwähnt, dass Metternich eine Freundin mit Namen Maria hatte, die sie noch finden mussten.

Sie einigten sich darauf, Herrn Schmalfuß am nächsten Tag um halb zehn Uhr und Frau Metternich um halb zwölf Uhr zu bestellen. Am nächsten Tag erschien Herr Schmalfuß pünktlich im Präsidium.

„Guten Morgen, Herr Kommissar."

„Guten Morgen, kommen Sie hier entlang, Herr Schmalfuß."

Lisa folgte ihnen, wie abgesprochen. Im Raum 100 war schon alles vorbereitet.

Nachdem der Kommissar Herrn Schmalfuß über seine Rechte

aufgeklärt und ihn zu seiner Person befragt hatte, begann er die Vernehmung zur Sache.

„Wann haben Sie Herrn Metternich das letzte Mal gesehen?"

„Habe ich es Ihnen nicht schon gesagt?"

„Dann sagen Sie es eben noch einmal."

„Vor drei Wochen, als wir über die weitere Zusammenarbeit gesprochen haben. Wir sind nicht weitergekommen und haben einen neuen Termin vereinbart."

„Wo hatten Sie sich getroffen?"

„In der Firma. Zum zweiten Termin ist er nicht erschienen und ich habe ihn nicht erreicht. Ein paar Tage später haben Sie ja seine Leiche gefunden."

Nach einigen Fragen zum Verhältnis zwischen Metternich und Schmalfuß durfte er gehen. Denkhaus gab ihm noch auf den Weg, dass er sich weiterhin zur Verfügung halten solle und die Stadt auf keinen Fall verlassen dürfe.

Schmalfuß fragte erschrocken: „Bin ich verdächtig?"

„Zunächst sind alle Personen verdächtig, die mit Herrn Metternich zu tun hatten!"

Schmalfuß hatte es plötzlich eilig und rannte fast davon!

„Hartmuth, ich habe den Eindruck, er hat irgendein Problem", sagte Lisa. „Aber hören wir mal, was uns Marlis Metternich zu sagen hat. Ach, da kommt sie ja schon. Mein Gott, hat die sich rausgeputzt, wie eine alte Fregatte beim Besuch des Königs!"

„Guten Tag, Frau Metternich. Bitte nehmen Sie doch Platz.

Im Zusammenhang mit dem Tod Ihres Mannes haben wir einige Fragen."

Sie fing an zu schniefen und zu schluchzen, Tränen kullerten ihr die Wangen herunter. Aber die Schminke hielt.

„Wann haben Sie die Abwesenheit Ihres Mannes bemerkt?"
„Es war vor etwa drei Wochen, als er nicht, wie verabredet, zum Frühstück kam. Ich habe Herrn Schmalfuß angerufen, aber leider wusste er auch nichts."
„Warum haben Sie ihn nicht gleich als vermisst gemeldet?"
„Weil seine Abwesenheit nichts Besonderes war. Er nahm öfter mal eine Auszeit, wie er es nannte." „Ahnten Sie und Herr Schmalfuß, dass er mit dem verabreichten Gift ohnehin nicht weit kommen würde? War es so?"

Das war sehr gewagt, aber Hartmuth Denkhaus wollte unbedingt ihre Reaktion testen.

„Gift? Was für Gift? Warum wollte man ihn töten?"

„Das wollen wir gern von Ihnen wissen!"

„Gift?", murmelte sie und schüttelte den Kopf.

„Dazu kann ich nichts sagen. Ich weiß auch nicht, was das soll! Tut mir leid, ich war es nicht und habe auch keine Ahnung, wer es war und warum man ihn vergiften sollte."

Ihre Stimme war hart und bestimmt und verbat ein weiteres Gespräch!

„Frau Metternich, wir machen für heute Schluss und melden uns in den nächsten Tagen noch einmal bei Ihnen. Halten Sie sich bitte zu unserer Verfügung."

Um halb drei hatte Hartmut eine wichtige Besprechung mit Winfried, der in der Rechtsmedizin als Toxikologe an diesem Fall arbeitete.

Lisa kam mit und Thomas sollte beim Staatsanwalt eine Hausdurchsuchung bei Frau Metternich und Herrn Schmalfuß erwirken. Winfried erwartete sie schon.

„Grüß dich, Hartmuth, hallo Lisa. Ich habe etwas, was euch

interessieren wird. In Leber, Niere und im Urin habe ich Spuren einer Substanz gefunden, die in größeren Konzentrationen toxisch wirkt. Sie ist uns bis jetzt weitgehend unbekannt."

„Das ist ja 'n Ding", entfuhr es Lisa. Hartmuth war sprachlos und hatte es plötzlich eilig. „Danke, wir müssen los, es gibt Arbeit!"

Aber das war so seine Art. Winfried sah kopfschüttelnd hinterher, ja, so ist das eben. Thomas hatte herausgefunden, dass Schmalfuß Beziehungen zu einem Chemiker hatte, der im Forschungslabor einer Pharmabude arbeitet.

„Versucht doch mal rauszubekommen, wie wir diesen Chemiker erreichen können, und macht einen Besuchstermin mit ihm aus."

Am nächsten Tag besuchten sie ihn. Dr. Ralf Wagner war ein kleiner dicklicher Mann mit Halbglatze. Hinter seinen dicken Brillengläsern blitzten helle, wache Augen.

„Meine Kollegin hat Sie ja bereits darüber unterrichtet, weshalb wir hier sind."

„Ja, aber wie konnte das bloß passieren?"

„Um das herauszufinden, sind wir hier. Welcher Art sind, oder besser waren, Ihre Beziehungen zu Herrn Schmalfuß und Herrn Metternich?"

„Herrn Schmalfuß kenne ich vom Studium. Er hat das Chemiestudium kurz vor dem Examen abgebrochen und wir haben uns aus den Augen verloren. Er meldete sich vor etwa sechs Wochen und zeigte großes Interesse an unserer neuen Grundsubstanz für ein Inhalationsmedikament gegen Mukoviszidose. Wohl dosiert löst der Stoff entscheidend den Befall der Lunge und ergibt einen Effekt, der uns langfristig Heilung verspricht. Wegen der Nebenwirkungen verwendeten wir ihn noch nicht."

„Welche Nebenwirkungen sind das?"

„Insbesondere bei Überdosierung führt es nach kurzer Zeit zu Orientierungslosigkeit, Kreislaufbeschwerden und schließlich Herzstillstand."

„Soll die Substanz ausschließlich durch Inhalation verabreicht werden?"

„Ja. anders macht es keinen Sinn. Sie ist geruch-, geschmack- und farblos. Sie lässt sich gut in einer wässerigen Flüssigkeit lösen. Wenn die Flüssigkeit erwärmt wird, verdunstet es relativ leicht. Natürlich muss das streng kontrolliert erfolgen. Sie wirkt wie eine Droge und stimuliert. Warum wollen Sie das alles wissen? Sie denken doch nicht etwa ..."

„Ja, genau das denken wir, Herr Doktor Wagner! Könnte Herr Schmalfuß etwas von dieser Substanz entwendet haben?"

„Um Gottes willen! Moment mal! Vor vier Wochen fehlte ein Döschen der Grundsubstanz, die wir für Versuche brauchten. Ich werde meine Mitarbeiterin fragen, die neben der Bürotätigkeit auch noch die Substanzverwaltung macht."

Er rief sie an und keine zwei Minuten später erschien eine sehr attraktive junge Frau, die sich als Maria Schulze vorstellte.

„Frau Schulze, die Herrschaften sind von der Kripo und möchten wissen, was mit dem vermissten Döschen der Substanz MZ0113 passiert ist."

„Wieso? Meines Wissens steht es dort, wo es immer steht."

„Bringen Sie es doch bitte mal her."

Sie holte besagte Dose. Herr Dr. Wagner öffnete sie und erschrak. Die Dose war nur zu etwa einem Drittel gefüllt.

„Als ich sie das letzte Mal sah, war sie voll", sagte er mehr zu sich selbst. „Frau Schulze, wo ist der Rest?"

„Das weiß ich nicht. Ich dachte, Sie hätten etwas genommen für Ihre Versuche", stotterte sie.

Das weitere Gespräch zeigte, dass Herr Schmalfuß mehrfach Gelegenheit hatte, sich bei seinen Besuchen zu bedienen.

Während der Hausdurchsuchung bei Metternich entdeckten sie im Keller eine kleine Sauna. Die Analyse des Aufgussfläschchens ergab einen hohen Anteil von MZ0113.

Nach der Sauna fühlte sich Metternich immer fit. Er machte regelmäßig einen Aufguss mit einem Duftstoff, in den das Pulver der Substanz geschüttet worden war. Danach ging er meistens noch joggen, um sich abzureagieren.

Bei Herrn Schmalfuß fand man den E-Mail-Verkehr mit Dr. Wagner. Es ging darin auch um die Substanz, aber es gab keinen beweiskräftigen Hinweis für eine Mordabsicht. In der Wohnung von Herrn Schmalfuß, zu der ein kleines, angemeldetes Chemielabor gehörte, fanden die Kollegen von der SpuSi geringe Reste der Substanz. Er räumte ein, mit dieser Substanz experimentiert zu haben, um herauszufinden, ob das Mittel auch für andere Verwendungen geeignet war. Er wollte das unbedingt geheim halten, weshalb er schließlich die Experimente zu Hause durchführte. Einen schlüssigen Beweis für den Mord an Metternich gab es nicht. Schmalfuß kam zwar in U-Haft, musste aber nach Einholen einiger Gutachten der Rechtsmedizin ein halbes Jahr später wieder entlassen werden, obwohl starke Motive für einen Mord vorlagen. Zu einem Prozess kam es auch später nicht. War er es oder war er es nicht? Welche Rolle spielten die Ehefrau, Dr. Wagner und Maria Schulze?

Hartmuth war unzufrieden. Wo lag der Fehler? Was hatten sie übersehen? Er entschloss sich Dr. Wagner etwas genauer unter die

Lupe zu nehmen. Metternich war auch Chemiker und es wurden Spuren von Metternich im Privatlabor von Schmalfuß gefunden. Der nochmalige Einsatz der SpuSi lohnte sich. Schließlich konnte nachgewiesen werden, dass Dr. Wagner bei Metternich war und die „Saunaflasche" gegen eine mit konzentrierterem Pulveranteil ausgewechselt wurde.

Warum hatte Maria Herrn Schmalfuß unbeaufsichtigt im Labor herumschnüffeln lassen?

Wollte Maria Schulz Schmalfuß benutzen, um Metternich zu beseitigen, nachdem er seine Beziehung zu ihr beendet hatte, um zu seiner Frau zurückzukehren? Man verfolgte diese Spur und wurde fündig. Allerdings auf eine beinahe kuriose Weise.

Dr. Wagner sorgte schließlich für den Tod von Herrn Metternich. Er war es, der die Flaschen vertauschte. Ein Motiv war schließlich auch bei ihm vorhanden. Er fürchtete die Konkurrenz von Metternich. Das ergab sich aus dem Schriftwechsel.

In einem spektakulären Prozess wurde Dr. Wagner zu acht Jahren Haft verurteilt. Davon zwei Jahre auf Bewährung. Die Begründung lautete: „Mord aus niedrigen Beweggründen". Maria unterstellte man zwar Beihilfe, aber die Beweislage war zu dünn, weshalb sie von der Beihilfe zum Mord freigesprochen wurde.

3. Der Doppelgänger

Karl Huber trennte sich von seiner Frau und bekam keine Arbeitsstelle. Er lebte nun seit einem Jahr mit einem befreundeten Kollegen in einer WG und von Gelegenheitsaufträgen. Sein Kollege Richard Schmidt war ebenfalls Grafiker und hatte einen Job. Karl war jedoch der Begabtere und arbeitete für Richard.

Es gibt viele Gründe, sich zu trennen. Karl Huber hat sich mit seiner Frau auseinandergelebt. Jeder ging seiner Wege. Sie wollten ihre persönliche Freiheit, um sich selbst zu verwirklichen. Aber Karl konnte keinen Job finden, in dem er seine Fähigkeiten als Grafiker anwenden konnte. Nun saß er nach der Trennung von seiner Frau auf der Straße. Das heißt, er wohnte bei seinem Freund und Kollegen Richard Schmidt. Richard war auch Grafiker, aber bei weitem nicht so begabt wie Karl. So kam es, dass Karl für Richard von Zeit zu Zeit arbeitete. Dafür brauchte er keine Miete bezahlen. Richard hatte keine finanziellen Sorgen, da er zu allem Überfluss von seinem verstorbenen Vater im Testament großzügig bedacht wurde.

Karl aber hatte es satt, gründlich satt, immer der Laufbursche von Richard zu sein. Immer wieder bedrängte er seinen Freund ihm bei der Jobsuche zu helfen. Richard dachte aber nicht ernsthaft daran. Es war ihm so viel sicherer und vor allem bequemer. Karl ahnte es. Eines Abends sprach er wieder mit Richard:

„Sag mal, warum klappt es denn nicht mit einem Job in deiner Firma oder einer anderen? Du kommst doch viel rum, hast Aufträge und ich arbeite für dich!"

„Weiß ich nicht. Es ist eben eine schlechte Zeit und ich bin froh diesen Job zu haben. Hab doch Geduld, eines Tages klappt es schon."

Wenn er wüsste, wie recht er haben sollte!

„Kannst du denn wirklich nicht verstehen, dass ich selbständig sein will?"

„Was willst du denn eigentlich noch, du vermisst doch nichts, bekommst deine Arbeiten von mir vergütet."

„Ich sehe schon, du willst es nicht. Es hat keinen Zweck!"

Karl schmollte und zog sich ganz zurück und immer wieder kam ihm der Gedanke, seine Identität zu wechseln. Am besten wäre es, die Identität von Richard zu haben. Rein äußerlich sehen sie sich schon mal ähnlich.

Eines Tages im Oktober musste Richard nach Berlin, um einen Auftrag zu erledigen. Er fuhr mit dem Zug, wie immer, wenn er dienstlich unterwegs war. Karl organisierte die Reise und war, wie abgesprochen, vorgefahren, um einiges zu erledigen. Er wollte Richard vom Bahnhof abholen. Am Abend wollten sie dann über die Unterlagen für die Besprechung am nächsten Tag noch einmal diskutieren.

Als er alles für seinen Freund und Gönner erledigt hatte, stand er am Abend wartend auf dem Bahnsteig, um Richard abzuholen. Dann passierte das Unglück vor der Einfahrt in den Bahnhof. Die Weiche war bei Einfahrt des Zuges nicht richtig gestellt, sodass der Personenzug mit einem entgegenkommenden Güterzug zusammenstieß. Karl rannte sofort zur Unfallstelle. Plötzlich kam ihm die Idee mit dem Identitätswechsel in den Sinn. Einige Tage zuvor betrachtete er sich im Spiegel und stellte fest, dass er Richard sehr ähnlich sah. Das fiel ihm jetzt wieder ein. Die Arbeit konnte er sogar besser.

Einmal Richard sein, das wär's! Die Idee setzte sich bei ihm fest und trieb ihn an.

Inzwischen war er an der Spitze des Zuges angekommen. Es sah schlimm aus. Gott sei Dank wusste er, dass Richard immer in einen der ersten Wagen einstieg.

Es bot sich ihm ein grauenvoller Anblick. Die drei ersten Wagen waren entgleist. Es brannte. Er hörte es wimmern und schreien. Als er in den Wagen kletterte, schlug ihm eine stickige, atemberaubend stinkende Luft entgegen. Plötzlich sah er Richard, arg zugerichtet und angesengt, das Gesicht verbrannt, offenbar tot. Karl tauschte die Papiere aus. Für alle Fälle nahm er Richards Jacke und stopfte seine eigene in großer Eile mit seinen Papieren versehen in Richards Reisekoffer und schnappte die Tasche. Gott sei Dank hatte er seine eigene im Hotel gelassen.

Als er die Sirenen der Rettungswagen hörte, sprang er aus dem Wagen, stolperte über ein Gleis und rannte einem Polizisten in die Arme, der gerade mit der Absperrung befasst war.

„Sind Sie o. k.? Ich brauche Ihre Personalien."

„Ja, natürlich!"

Er wollte seine Papiere sehen, um die Personalien aufzunehmen, als das Handy des Polizisten klingelte. Er bekam einen Befehl und musste umgehend fort, um den Weg zu den Passagieren im ersten Wagen frei zu halten, damit der Notarzt durchkommt.

Er gab Karl seine Karte mit den Worten: „Melden Sie sich hier für alle Fälle", und lief los!

Inzwischen herrschte auf den Gleisen das reine Chaos, sodass er unbehelligt über das Bahngelände laufend das Hotel in der Stadt erreichte.

Er hatte an der Rezeption den Verbleib der zweiten angemeldeten Person, Karl Huber, zu erklären. Das nahm einige Zeit in Anspruch. Nachdem er alle Formalitäten erledigt hatte, ging er in sein Zimmer. Er wollte morgen früh möglichst zeitig zurückfahren. Es gab viel zu tun. Vor allem musste er den Termin für morgen absagen.

Als Karl alias Richard ins Hotel ging, hörte er noch mehrere Explosionen vom Bahnhof.

Er war jetzt Richard Schmidt. Aber er wusste nicht, dass Richard eine Freundin hatte. Durch sie flog der Schwindel schließlich auf.

Am Morgen nach dem Unglück fuhr Karl mit dem Bus zum nächsten Ort und dann mit dem Nahverkehrszug nach Hause. Er begegnete niemandem. Das Haus, in dem er mit Richard wohnte, lag etwas abseits. Er rief die Polizei an und erfuhr später, dass Karl Huber beim Zugunglück ums Leben gekommen sei. Das beruhigte ihn. Er wurde nur noch gebeten die Identität der Leiche zu bestätigen, obwohl die Papiere in der Jackentasche sein mussten. Aber sicher ist sicher.

Seine „eigene" Beerdigung überstand er gut. Richard und Karl sahen sich täuschend ähnlich. Dann änderte er seine Frisur und ließ sich einen Bart wachsen. Da er viele Arbeiten für Richard erledigt hatte und meistens zu Hause arbeitete, gab es mit der Firma keine Schwierigkeiten. Man kannte ihn ja nicht.

Alles ging fast ein Jahr lang gut. Trotzdem tauchten immer wieder die Bilder der sich vor Schmerzen windenden, wimmernden und blutenden Menschen auf, dann das Feuer, das Chaos, die Nothelfer, Polizisten, die Ärzte und die Spezialisten vom THW waren plötzlich alle wieder da. Er wollte schnell vergessen, doch es gelang nicht. Nun war er Richard Schmidt und musste mit Bedacht und konzentriert vorgehen. Die Unterschrift von Richard konnte er perfekt. Schließlich war er ein guter Grafiker. Es ließ sich alles bestens an, nachdem er auch das Begräbnis hinter sich gebracht hatte. Trotzdem, glücklich war er nicht. Hatte er sich übernommen? Es kamen ihm immer wieder Zweifel.

Was er nicht wusste, Richard hatte eine Verlobte, die zurzeit einen Zweijahresjob in den USA hatte. Er fand die Korrespondenz in der Wohnung, als er sie nach wichtigen Informationen durchsuchte. Gelegentlich antwortete er auf ihre Briefe mit nichtssagenden Postkarten. Viktoria drängte auf ein Wiedersehen. Allmählich wurde sie stutzig und meldete sich bei der Polizei. Scotland Yard nahm sich der Sache an. Die Todesursache von Richard schien eindeutig zu sein. Alle Opfer erhielten eine Erdbestattung.

Der Yard sorgte dafür, dass Viktoria Richard alias Karl treffen konnte. Es wurde alles arrangiert. Dabei kam der Schwindel heraus. Aber für ein Verfahren waren die Beweise zu dünn. Zum Glück fiel Viktoria ein, dass Richard vor etwa drei Jahren eine Zahn-OP hatte. Bei dieser Operation wurden zwei Goldzähne eingesetzt. Die Leiche wurde exhumiert. Der Zahnarzt zog weg. Als man ihn endlich fand, erkannte er seine Arbeit eindeutig. Alle Unterlagen waren noch vorhanden. Karl gestand!

Es wurde ihm der Prozess gemacht. Durch sein kooperatives Verhalten und die Umstände der Vorgeschichte erhielt er fünf Jahre auf Bewährung.

4. Ein merkwürdiger Mensch

Knut Hanson lebte ein ausgesprochen wohl geordnetes Leben. Er lebte nach der Uhr. Er stand jeden Morgen um die gleiche Zeit auf, kam um die gleiche Zeit in sein Büro, aß um die gleiche Zeit Mittag und ging um die gleiche Zeit schlafen. Niemand hatte näheren Kontakt zu ihm. Man grüßte sich im Hause und er war immer freundlich. Er bekam, seit er vor drei Jahren in das Haus eingezogen war, niemals Besuch. Zumindest wurde es nicht bemerkt, wie sich herausstellen sollte. Einmal im Jahr fuhr er zur Urlaubszeit zwei bis drei Wochen weg, wurde immer von einem Taxi abgeholt und kam auch wieder in einem Taxi zurück. Das war alles, was die Hausbewohner von ihm wussten.

Es war an einem Donnerstag im November, als Hanson sein Büro pünktlich um 17.30 Uhr verließ. Der Pförtner in der Empfangshalle sagte:

„Pünktlich wie immer, Herr Hanson."

„Stimmt genau", sagte Hanson. „Auf Wiedersehen."

„Einen Moment noch, Herr Hanson, hätte ich doch beinahe vergessen", rief der Pförtner hinterher.

„Ein junger Mann hat vorhin ein Päckchen für Sie abgegeben, es soll eine Überraschung sein", meinte er mit schelmischem Grinsen. Sie verstanden sich gut.

Es war in der Tat eine Überraschung, wie er am Abend erfahren sollte. Hanson drehte sich um, ging zurück zum Pförtner und nahm, verwundert den Kopf schüttelnd, das Päckchen entgegen. Er steckte es, ohne einen Blick darauf zu werfen, in die Aktentasche und ging schnellen Schrittes zur Haltestelle.

Nachdem er die üblichen drei Minuten an der Haltestelle gewartet hatte, stieg Hanson in den Bus der Linie 30. Dabei sprach er ein paar Worte mit dem Busfahrer Willy Heinemann. Der fuhr schon immer diesen Bus, solange Hanson zurückdenken konnte.

„Schöner Abend heute", sagte Hanson.

„Soll aber noch regnen", gab Heinemann zurück.

„Dabei hatten wir doch in letzter Zeit genug Regen", sagte Hanson.

„Da haben Sie recht."

Freundlich nickend ging Knut Hanson weiter und setzte sich auf den gleichen Platz wie jeden Abend. Er las seine Zeitung, bis der Bus an seiner Haltestelle ankam. Dort stieg er aus und ging den gewohnten Weg: erst die Goethestraße entlang, dann links die Nord-Allee und noch mal links in die Lindenstraße bis zu seinem Haus, Lindenstraße 22. Wie gewöhnlich machte er sich selbst etwas zu essen. Nach dem Essen wusch er ab, räumte auf und ging ins Wohnzimmer, wo er den Fernseher einschaltete. Plötzlich klingelte das Telefon. „Nanu!", entfuhr es ihm, er erschreckte sich fürchterlich und sein Herz raste, denn um diese Zeit ruft sonst niemand an. Zu einer anderen Zeit zwar auch kaum, aber um diese Zeit nie. Er ging in den Flur, nahm den Hörer ab und hörte nur noch ein Klicken. Aufgelegt!

Er grübelte darüber nach, wer es wohl gewesen sein könnte. Verwählt? Langsam beruhigte er sich wieder. Der Fernseher lief schon. Als im Fernseher die Elektronikpost beworben wurde, fiel ihm sein Päckchen wieder ein. Nun war er doch neugierig geworden und holte das Päckchen ins Wohnzimmer. Er besah es sich von allen Seiten, ohne einen Absender zu entdecken. Er sah nur seine Adresse mit einem Computer geschrieben, ausgedruckt und aufgeklebt. Nun war das an sich nicht sonderlich verdächtig und es wussten einige Leute, dass er gerne las und von Zeit zu Zeit auch schon mal ein Buch erhielt. Aber Hanson erinnerte sich nur an ein einziges Mal, dass man, vor ein paar Monaten, ein Buch für ihn im Betrieb abgab. Er hatte es im Buchgeschäft nebenan gekauft und konnte es aber nicht gleich mitnehmen. Also schickte man es ihm in den Betrieb. Er war eben gut gelitten. Vielleicht tat er den Leuten auch irgendwie leid.

Aber diesmal war es anders. Er hatte kein gutes Gefühl. Irgendetwas sagte in ihm, dass es möglicherweise mit seiner Freundin zusammenhing, die er kurze Zeit hatte und die er vergewaltigte. Immer wieder träumte er davon. Er erinnerte sich noch genau, wie geil er an diesem schwülen Sommerabend vor gut zwei Jahren wurde, als sie so vor ihm stand, halb nackt. Es überfiel ihn und er stürzte sich regelrecht auf sie. Sie wehrte sich, was ihn noch mehr reizte. Schließlich wurde sie still und zitterte am ganzen Körper. Sie hatte jetzt nur noch Angst und Schmerzen. Er glaubte, es wäre ihre Art, Wollust zu empfinden. Schließlich sprang sie auf und rannte, so wie sie war, in die Nacht hinaus.

Seitdem hatte er sie nicht mehr gesehen und auch nichts von ihr gehört. Zu einer Anzeige kam es nicht. Die Scham war zu groß und sie konnte diese Schande ihrer Familie nicht antun. Nur ihr Bruder hatte etwas mitbekommen! Nun träumte Knut häufig davon und dann bekam er Angst. Es schüttelte ihn und in Schweiß gebadet wachte er auf. Das war ihm in den letzten Wochen so oder ähnlich schon ein paar Mal passiert.

Das Telefon klingelte wieder. Als er den Hörer abhob, hörte er wieder nur ein Klicken.

„Hm, irgendetwas stimmt da nicht", dachte er bei sich und nahm das Paket in die Hand, um es zu öffnen. Als er das Klebeband zerschnitt, bekam er einen gewaltigen Schlag gegen Brust und Kopf. Der Knall der Explosion erreichte ihn kaum.

Der Hausmeister, der unter ihm wohnte, erschrak bis ins Mark und rannte sofort los. Die Tür zur Wohnung von Herrn Hanson war halb geöffnet. Eine dunkle, stechend riechende Rauchwolke verbreitete sich mit rasender Geschwindigkeit im Hausflur. Einen Moment war es mucksmäuschenstill. Dann ein Schreien, Trampeln und Rufen. Vorsichtig lugte der Hausmeister in Hansons Wohnung. Es zog, irgendwo musste ein Fenster offen stehen, einige Scheiben gingen bei der Explosion zu Bruch. Dann sah er Knut Hanson. Er lag vor dem übel zugerichteten Sofa in einer Blutlache und rührte sich nicht.

Herr Dr. Blumenfeld aus dem dritten Stock rief sofort den Notarzt und die Polizei an. Zur selben Zeit klingelte es in der Abteilung der Mordkommission bei Kriminalhauptkommissar Denkhaus. Lisa hob ab und informierte, dass ein Attentat in der Lindenstraße 22 stattgefunden hätte. „Wir müssen sofort los", rief Denkhaus. Nach knapp 15 Minuten trafen sie vor Ort ein und stürmten ins Haus. Die Lage von Hansons Körper wurde skizziert, während der Notarzt ihn untersuchte. Er sah schlimm aus. Seine Kleidung war von Blut durchtränkt. Die Spurensicherung begann mit ihrer Arbeit. Es gab viel zu tun. Einiges ging zu Bruch und auch die Blutspritzer wurden akribisch aufgenommen (Lage, Entfernung, Größe). Hanson lebte offenbar noch und wurde sofort in die Klinik gebracht. Dann rückten Sprengstoffexperten vom LKA an.

Obwohl alles für eine Notoperation vorbereitet war, starb Hanson im Krankenhaus, ohne das Bewusstsein wiedererlangt zu haben.

Die Polizei hatte alle Hände voll zu tun, um die Bewohner und die Neugierigen auf der Straße in Schach zu halten.

Für die ersten Vernehmungen stellte der Hausmeister einen Raum in seiner Wohnung zur Verfügung. Es waren immer dieselben Fragen. Was haben Sie vor der Explosion wahrgenommen? War das Verhalten von Herrn Hanson in irgendeiner Weise verändert? Welche Wahrnehmungen haben Sie in den letzten Tagen gemacht? Und so weiter und so fort. Das Ergebnis war äußerst mager. Bis auf eine Aussage von Herrn Dr. Blumenfeld, der meinte, dass Hanson am Sonntag zu Hause war, denn er sah Licht in Hansons Wohnzimmer.

„Traf sich Herr Hanson öfter mit Personen vor der Haustür, ohne dass sie seine Wohnung betraten?", fragte Denkhaus.

„Nein, das war das einzige Mal, dass ich es sah", sagte Herr Dr. Blumenfeld. Außerdem stehe er nicht den ganzen Tag auf der Straße. Er hätte schließlich noch etwas anderes zu tun.

Denkhaus bildete eine Sonderkommission. Als Erstes stellte man fest, dass die Bombe mit einem Handy gezündet worden war. Es fanden sich Spuren in einem gegenüberliegenden Vorgarten, von dem aus man in das Wohnzimmer von Herrn Hanson blicken konnte. Es dauerte fast ein Jahr, bis man wusste, was es mit dem Paket auf sich hatte. Herr Hanson hatte eine junge Frau aus dem Orient zwei Jahre vor seinem Tod vergewaltigt. Ihr Bruder hatte sie nun mit der Paketbombe gerächt! Man hatte den Täter über Interpol gesucht, gefunden und zu einer hohen Gefängnisstrafe verurteilt.

5. Die Entdeckung in der Zeitung

Seitdem er zu Hause und im Ruhestand war, ist es eine gute Tradition geworden, morgens zu Espresso und Schokolade die Zeitung zu lesen. Doch neulich ist er mit seiner Frau nicht weit damit gekommen. Als er die zweite Seite aufschlug, zuckte er zusammen, denn er fand die Meldung, dass die Leiche einer Frau gefunden wurde. Er kannte sie irgendwoher. War das auf dem Bild nicht Lisa? Er erinnerte sich: Mit seiner Frau hatten sie sich während eines Urlaubs in Mecklenburg kennengelernt. Der abgebildete rekonstruierte Kopf gehörte zweifellos Lisa. Sie hatten über fünf Jahre nichts mehr von ihr gehört. Er sprang sofort auf und rief seiner Frau zu:

„Hier, sieh mal in die Zeitung, hier ist ein Bild von Lisa. Erinnerst du dich noch an Lisa? Sie ist tot, nur ihr Kopf ist abgebildet und die Polizei sucht Personen, die Angaben zu der Toten machen können."

Er war fix und fertig. Dann schnappte er das Fotoalbum, schaute nach alten Bildern und siehe da, dort war eines von Lisa und Klaus beim Picknick. Weitere konnte er nicht finden. Wahrscheinlich haben wir sie ihnen mitgegeben, denn wir hatten damals noch die alte Spiegelreflexkamera.

Am Nachmittag hatte er sich etwas beruhigt und ging zur Polizei. Seine Frau wollte nicht mit. Es ging ihr nicht gut. Bei der Polizei erzählte er die folgende Geschichte von Klaus und Lisa:

„Mit meiner Frau machte ich ein paar Tage Urlaub in dem Dorf Kleinzerlang an der Grenze zwischen Brandenburg und Mecklenburg. Auf einer kleinen Wanderung nach Marina Wolfsbruch nahmen wir den Weg durch den Wald. Wir wollten uns die Ferienhäuschen und die Boote anschauen. Auf einer Wiese am Waldrand saßen die beiden auf einer Decke und machten Picknick. Mir fiel sofort der kleine hübsche Korb auf und dass die beiden offensichtlich verliebt ineinander waren. Wir kamen ins Gespräch und sie waren froh darüber, denn im Feriendorf wohnten überwiegend junge Familien und die waren vollauf mit ihren Kindern beschäftigt.

Sie kamen aus Franken. Klaus wohnte in Erlangen und hatte gerade sein Medizinstudium in Göttingen beendet und war auf der Suche nach einer Anstellung, möglichst in Erlangen. Lisa arbeitete in einer Zahnarztpraxis als Schwester. Sie wohnte noch bei ihren Eltern in einem kleinen Dorf. Den Namen des Ortes habe ich vergessen. Da Klaus eine kleine Wohnung in Erlangen hatte, musste Lisa nicht täglich nach Hause fahren.

Sie nutzten diesen Urlaub, um Land und Leute im Osten kennenzulernen.

Drei Tage seien sie jetzt hier und wollten morgen nach Rheinsberg fahren, sich den Ort ansehen und am Abend ins Heckentheater gehen. Karten hatten sie sich schon besorgt. Außerdem interessierten sie sich für die Sommerschule der Nachwuchssänger und Instrumentalisten, die jedes Jahr in Rheinsberg zu eben dieser Sommerzeit durchgeführt und von Aufführungen begleitet wurde. Immerhin ist Rheinsberg so etwas wie ein kultureller Vorposten von Berlin und die Zugverbindung von Berlin endet hier. Aber das war schon vor hundert Jahren so.

Wir mochten uns auf Anhieb und so wurden wir Freunde. Lisa hatte blonde, etwas wellige Haare, braune Augen und besaß ein natürliches, fröhliches Wesen. Sie war damals wohl achtundzwanzig Jahre alt. Klaus hatte auch blonde, aber kurz geschnittene Haare und schien unkompliziert, obwohl er manchmal etwas gehemmt, vielleicht auch verklemmt wirkte. Auf jeden Fall passten die beiden vom äußeren Erscheinungsbild sehr gut zusammen. Sie waren etwa gleichaltrig.

Sie hatten vor, im nächsten Jahr zu heiraten. Lisa wollte erst noch eine Weiterbildung beenden. Dann könnten sie in das Haus ihrer Eltern ziehen, da ihr Vater voraussichtlich nach Nürnberg versetzt werden würde.

Aber es sollte sich noch länger hinziehen. Wir tauschten unsere Adressen aus und nahmen uns vor, im nächsten Jahr den Urlaub gemeinsam zu verbringen.

Doch eines Tages brach der Kontakt ab, wir erhielten keine Antworten auf unsere Mails und die Briefe kamen mit dem Vermerk „Empfänger unbekannt" zurück.

Im darauffolgenden Jahr fuhren wir zu einem Kurzurlaub nach Franken und machten einen Abstecher nach Erlangen, um herauszufinden, was vorgefallen war. Doch die Nachbarn sagten nur, dass die jungen Leute ausgezogen seien, aber niemand wüsste wohin. Eine Nachbarin raunte uns noch zu, dass die beiden keinen so glücklichen Eindruck gemacht hätten. Sie war sehr neugierig, fragte noch, woher wir sie kennen würden, usw., usf.

Wir hatten aber keine Lust mehr, weiter nach ihrem Verbleib zu forschen, und so blieb es bis heute."

Das war es, was er der Polizei zu dem Bild erzählte. Er wusste auch nicht, ob die Hochzeit wirklich noch stattgefunden hatte. Nach einigem Drucksen teilte ihm der Polizeibeamte mit, dass Klaus schon seit etwa drei Jahren vermisst würde, auch die Leiche von Lisa, bzw. was davon gefunden wurde, sei zirka drei Jahre alt.

Er bezweifelte, dass man den Kopf so gut rekonstruieren konnte. Aber Hauptkommissar Denkhaus war sich sicher, dass die Rekonstruktion trotz der fortgeschrittenen Skelettierung sehr gut gelungen war. Es lag ja nun auch das Foto der lebenden Lisa vor.

Zum Abschied wurde er gebeten sich zu melden, wenn ihm noch etwas einfiele, auch wenn es ihm unwichtig erscheinen mochte.

Irgendwie war er völlig automatisch, doch ohne Zwischenfälle zu Hause angekommen. Es ging ihm so vieles im Kopfe herum, nachts konnte er in den ersten Tagen nicht schlafen und musste ein paar Tage Urlaub nehmen.

Einige Wochen nach jenem denkwürdigen Nachmittag läutete das Telefon, die Polizei. Hauptkommissar Denkhaus war selbst am Apparat. Damit hatte er nicht mehr gerechnet. Man wolle etwas Wichtiges mitteilen und hätte zu der Zeitungsnotiz noch einige Fragen. Plötzlich war alles wieder da!

Inzwischen hatte man, anhand des Gebisses, Lisa zweifelsfrei identifiziert. Aber was er dann hörte, hat ihn umgehauen und sehr traurig gemacht.

Klaus war unter falschem Namen in Holland in einer psychiatrischen Privatklinik untergebracht.

Das haben seine Verwandten arrangiert. Ein Mitglied seiner Familie hatte gute fachliche Beziehungen zum Direktor der dortigen Klinik und es waren noch ein paar Plätze frei. Es bestand Suizidgefahr. Klaus litt unter Wahnvorstellungen und war kaum ansprechbar.

Er hatte von Anfang an das Gefühl, dass mit Klaus etwas nicht in Ordnung war. Sofort durchzuckte ihn der Gedanke: „Er war es!"

Nach jenem denkwürdigen Urlaub in Mecklenburg arbeitete Lisa noch einige Zeit in einer Zahnarztpraxis, bis sie verschwand. Klaus floh aus der Klinik, kam aber nach fast einer Woche wieder zurück. Ohne konkrete Hinweise zu haben, wurde allgemein angenommen, dass Klaus seine Verlobte umgebracht und die Leiche vergraben hatte. Klaus hatte Lisa besucht, um sich mit ihr wieder zu versöhnen. Er gab vor, geheilt zu sein. Von einem nächtlichen Spaziergang in einer lauen Nacht kam er allein zurück. Er packte die nötigsten Sachen ein und verschwand. Die Leiche von Lisa wurde etwa zwei Jahre später in einem entlegenen Waldstück gefunden, erdrosselt.

Nachdem alle Indizien zusammengetragen waren, begann der Prozess. Er war mit seiner Frau als Zeuge geladen. Der Prozess fand in Erlangen unter Ausschluss der Öffentlichkeit statt. Klaus konnte nicht für seine Tat verantwortlich gemacht werden und blieb einige Jahre in der Klinik.

6. Das ungewöhnlich grausige Paket

Es kam mit der Morgenpost: ein ganz normal aussehendes Paket in braunem Packpapier und verschnürt mit derber Doppelschnur. Es unterschied sich in nichts von den Tausenden anderen Paketen, wie sie die Postboten tagtäglich austragen. Mit diesem aber hatte es eine besondere Bewandtnis – eine ganz besondere.

Doch das erkannte Gerhard Koch erst ein paar Stunden später. Er stellte es im Flur ab. Der Absender war unlesbar, was bei dem Regenwetter kein Wunder war. Aber es war an ihn adressiert. Seine Frau war mal wieder verreist. Sie hatte auch einen Scheißjob. Mindestens einmal in vierzehn Tagen musste sie für zwei, drei Tage in die Tochterfirma nach Ludwigshafen fahren. Also würde das Paket nicht stören. Er würde sich dann am Abend darum kümmern. Doch jetzt, jetzt musste er los.

Die Kernarbeitszeit lag zwischen neun und halb vier. Wenn der Chef kurz nach neun kam und man war noch nicht am Arbeitsplatz, konnte es je nach Stimmung Ärger geben. Es sei denn, man hatte eine plausible Erklärung parat, die auch noch stimmen sollte. Es war ein viertel vor neun und höchste Zeit.

Den ganzen Tag ging ihm dieses Paket nicht aus dem Sinn. Er war verständlicherweise wahnsinnig neugierig, machte pünktlich Feierabend und hastete nach Hause. Es war heute auch eine Affenhitze.

Unter dem Paket war es feucht geworden, als wenn darin etwas ausgelaufen wäre. Es war kein Wasser, es war eine rosarote Flüssigkeit, die auf den Fliesen breitgelaufen war. Außerdem roch es etwas merkwürdig. Jetzt wurde er furchtsam und ausgesprochen nervös.

Nachdem er sich umgezogen hatte, machte er sich an das Paket. Zunächst zog er sich Latexhandschuhe an und ging ins Bad. Nein, der Absender war nicht mehr zu entziffern.

Mit der Schere zerschnitt er die Schnur und öffnete den Karton. In ihm lag ein in eine große Plastiktüte eingewickelter Gegenstand.

Als er die Tüte öffnete, musste er sich festhalten und sich anschließend übergeben. Oh Gott, war ihm schlecht! Halb in Trance öffnete er das Badfenster und schwankte auf den Balkon, frische Luft schnappen. Er war ja einiges gewöhnt, aber das, das ging dann doch zu weit. Er erblickte den Kopf einer Frau, die ihn aus weit geöffneten Augen erstaunt ansah. Der Schädel war schlecht konserviert und in aller Eile präpariert. Die Stellen der „Landmarks" waren beim genauen Hinsehen noch erkennbar. Die Frau mochte ungefähr vierzig bis fünfundvierzig Jahre alt gewesen sein. Aber woher kannte er nur das Gesicht? Schließlich fand er einen Zettel:

„Hallo Gerhard, erinnerst Du Dich noch an Beate? Hier ein Stück von ihr! Du warst doch immer so scharf auf sie! mehr ist leider nicht übrig. Gruß von Bernd."

Ja, natürlich, Beate! Sie waren ein gutes Jahr lang befreundet, bevor sich Bernd an sie heranmachte.

Nach dem Studium haben wir uns dann allerdings aus den Augen verloren. Bernd hatte Medizin studiert, aber meines Wissens das Studium nicht abgeschlossen. Aber dann? Er hatte keine Ahnung. Was sollte das Ganze?

Hatte er sie umgebracht und warum? Oder war sie eines natürlichen Todes gestorben und wollte er mich schocken? Wohl kaum!

Soweit er sich erinnerte, hat Bernd seine Mitmenschen überwiegend als Objekte gesehen und hat sie in Gedanken immer seziert, vor allem wenn sie ihm attraktiv erschienen. Er wäre sicher ein guter Chirurg geworden. Aber das hier?

Nachdem er, wie erstarrt, in das Gesicht gesehen hatte, musste er wohl alles ganz mechanisch wieder eingepackt haben. Er verpackte das Ganze in einen Müllsack und verstaute den Sack in einer Ecke der Kühltruhe im Keller. Seine Frau wird sicherlich nicht gleich in die Tiefkühltruhe schauen, hoffte er.

Nachts lag er wach. Beate tauchte im Traum auf und eine undefinierbare Angst bemächtigte sich seiner.

Am Morgen meldete er sich beim Chef ab. Er wollte natürlich wissen warum, doch er vertröstete ihn. Danach meldete er sich telefonisch bei der Polizei und erzählte das Wichtigste. Der Polizist bat ihn ins Präsidium und bot ihm an, ihn abzuholen. Die SpuSi käme gleich mit, aber inkognito und Gerhard Koch sagte ihm noch, er solle nicht im Streifenwagen kommen. Er wollte kein Aufsehen, denn die Nachbarn sind schrecklich neugierig.

Das Paket musste so schnell wie möglich verschwinden, denn seine Frau würde am Abend zurückkommen. Er brauchte einfach etwas Zeit. Eine halbe Stunde später klingelte es an der Haustür und ein Kommissar in Zivil holte ihn samt Paket ab. Er sprach kaum ein Wort. Die SpuSi brachte einen großen Müllsack mit und begann mit dem ersten Verhör und der Spurensicherung.

Bei der Polizei dauerte es beinahe zwei Stunden. Er hatte dem Hauptkommissar in der Zwischenzeit alles erzählt, was er wusste. Das war nicht gerade viel, aber immerhin. Das Paket kam sofort zur KTU. Schließlich durfte er gehen, allerdings sollte er sich zur Verfügung halten, es ergäben sich sicherlich noch einige Fragen.

Inzwischen wurde Denkhaus benachrichtigt, der seinen Stellvertreter Kommissar Thomas Schmidt bestimmte, den Fall zu übernehmen.

Gerade als Koch Flur und Bad gründlich reinigte, rief seine Frau an, um ihm zu sagen, dass sie einen Tag später käme.
Er solle nicht traurig sein.
Na, wenn sie wüsste, wie sehr er sich über diese Nachricht freute, wenn man das in dieser Situation so sagen konnte.
Nun musste er sich nur noch überlegen, was er seiner Frau erzählen würde, wenn sie von dem Paket erfuhr. Na ja, im Zweifelsfall immer die Wahrheit. Andererseits wollte er sie nicht beunruhigen. Also ließ er das erst einmal auf sich zukommen. Seine Frau kam, wie angekündigt, am nächsten Tag kurz nach dem Mittag. Sie rümpfte die Nase:
„Wonach riecht das denn hier?" „Auch das noch!", dachte er.
„Ich werde in irgendetwas reingetreten sein! Werde mal kräftig lüften!"
So oder ähnlich war seine dümmliche Antwort.
Inzwischen war etwa eine Woche vergangen, als das Telefon klingelte. Seine Frau rief: „Ein Anruf für dich!" Sie vergaß nicht geheimnisvoll hinzuzufügen: „Die Polizei!" „Was wollen die denn?", murmelte er scheinheilig und ging ran.
„Ich komme in zirka einer Stunde zurück", rief er seiner Frau zu. „In Ordnung!", erwiderte sie.
Nun musste er seiner Frau irgendwann doch etwas zu dem Paket erzählen. Sie wollte auch sofort wissen, was los war.
„Erzähle ich dir alles, wenn ich wieder zurück bin, dann weiß ich vielleicht mehr."

„Nun gut, bis nachher, bin natürlich schon sehr gespannt! Pass nur auf, dass sie dich nicht dabehalten."

Ein leichtes Zittern klang in ihrer Stimme. Fluchtartig verließ er das Haus.

Der Polizeibeamte empfing ihn mit ausgesuchter Höflichkeit, bat ihn Platz zu nehmen und bot einen Kaffee an mit den Worten, der Chef ließe sich entschuldigen, er müsste noch einmal kurz weg und käme in fünfzehn Minuten zurück. Dann ließ er ihn allein in dem eher spartanisch als bequem, aber durchaus zweckmäßig eingerichteten Raum. Hauptkommissar Denkhaus war pünktlich, begrüßte ihn und begann.

Es wurde ein echter Krimi mit allem, was dazugehört. Noch ganz benommen fuhr Herr Koch langsam nach Hause. Mein Gott, in was bin ich da nur hineingeraten. Jetzt musste er seiner Frau alles erzählen. Es wurde höchste Zeit. Wie fange ich das bloß an!

Vor allem aber, was sollte er erzählen? Etwas stockend begann er. Es war ohnehin nicht viel, was er zu erzählen hatte.

„Also in dem Paket war der Schädel von Beate, mit der ich vor zwei Jahren zusammen war. Aber das weißt du ja." – Seine Frau sackte in ihrem Sessel zusammen. –

„Dann tauchte dieser durchgeknallte Typ auf, der sich Bernd nannte und mir Beate ausspannte." Er hätte nie verstanden, was sie an ihm fand.

Das Paket hat übrigens Bernd geschickt.

Ein Jahr später lernte er seine Frau kennen. Inzwischen hatte er Beate beinahe vergessen, und jetzt das.

Seine Frau war total erschrocken und zog sich zurück, um einen Cognac zu holen. Er trank gleich zwei, konnte aber auch nicht einschlafen. Gott sei Dank war morgen Sonnabend. Sie standen erst gegen Mittag noch völlig benommen auf.

Es sollte noch lange dauern, bis sie sich beruhigten. Ganz überwunden haben sie es bis heute nicht, obwohl sie ein paar Wochen in psychiatrischer Behandlung waren.

Einige Zeit später hat man Herrn Koch mitgeteilt, dass sie Bernd gefunden hatten. Ihm wurde nach einigem Hin und Her der Prozess gemacht. Kochs wurden dazu eingeladen. Sie lehnten ab, denn sie wollten nicht noch einmal alles über sich ergehen lassen. Zuvor wurde Herr Koch aber noch über sein Verhältnis zu Beate und Bernd in fraglicher Zeit befragt.

In der Zeitung erschien nur eine relativ kurze Mitteilung zum Prozess. Vor allem aus Rücksicht auf die Familie von Herrn Koch.

7. Die Nacht im Wald

Auf dem Schulhof standen die drei dicht beieinander und tuschelten. Timm hatte gestern etwas Ungewöhnliches gesehen. Er sah, wie Sarah fliehend vor ihrem Onkel flüchtete, der fürchterlich hinter ihr her schimpfte. Der Onkel sollte auf das Mädel aufpassen, solange ihre Mutter von der neuen Arbeitsstelle erst später nach Hause kam. Schließlich war Sarahs Mutter seine Schwester und er tat es gerne.

Das wollte er Max und Torsten unbedingt erzählen. Das Haus, in dem es passiert war, lag ziemlich weit am Rande des großen Dorfes. Es war das letzte Haus in der Stresemannstraße. Aus dem Fenster seines Zimmers, zwei Häuser näher zum Ort, aber auf der anderen Straßenseite, hatte Timm einen guten Überblick. Heute Abend hatte er gesehen, wie Sarah mit lautem Geschrei aus dem Haus rannte. Sie lief durch die Gartentür bis in den nahen Wald. Es wurde allmählich dunkel, aber Timm hatte Sarah immer noch nicht zurückkommen sehen. Er hatte die ganze Zeit aus dem Fenster das Haus beobachtet, aber jetzt musste er runtergehen, denn seine Mutter rief zum Abendessen.

In der Zwischenzeit hatte Sarahs Mutter angerufen und wollte wissen, ob Sarah bei Timm wäre, und wenn ja, dass sie nach Hause kommen solle. Timm verschwieg seinen Eltern, was er beobachtet hatte. Nach dem Essen ging Timm gleich wieder in sein Zimmer. Aber drüben bei Sarah hatte sich nichts getan. Es wurde schon dunkel und die Vorhänge waren nicht zugezogen, was sonst immer der Fall war.

Als er Sarah weglaufen sah, hatte er auf seine neue Uhr gesehen. Es war genau sieben Uhr. Ihre Mutter war noch nicht von der Arbeit zurück, denn Frau Meyer arbeitete freitags länger. Ihr Chef sah es gern und sie konnte das Geld gut brauchen. Um ihre Tochter brauchte sie sich keine Sorgen machen, denn ihr Bruder war ja bei ihr zu Hause.

Bei Meyers machte man sich jetzt doch Sorgen über das Verschwinden von Sarah. Schließlich gab Frau Meyer eine Vermisstenmeldung bei der Polizei auf. Ihre Tochter hatte es immer gesagt, wenn sie außer der Reihe abends noch wegging. Aber dieses Mal hatte ihre Mutter keine Ahnung.

Sarah durfte freitags oft zeitiger vom Hort nach Hause, weil ihr Onkel zu Besuch war, und er wollte auf sie aufpassen. Aber irgendetwas musste vorgefallen sein, denn sonst wäre sie nicht davongelaufen. Dabei hatte Sarah noch gestern in der Schule so von ihrem Onkel geschwärmt.

Timm rief nach dem Abendbrot Torsten und Max an. Er erzählte ihnen, was er gesehen hatte, und sie überlegten, was sie tun könnten. Schließlich hatten sie eine Idee.

Inzwischen lief Sarah immer tiefer in den Wald hinein. Sie hatte ganz vergessen, dass es hier Wildschweine gab, und sie hatte doch Angst vor den starken Tieren. Aber sie lief und lief, von einer inneren Furcht getrieben, bis sie immer öfter stolperte und ihr schließlich die Beine versagten. Es war dunkel geworden, stockdunkel im Wald. Sie wusste nicht mehr, wo sie war. Sie hatte sich verlaufen. Es war warm. Sie setzte sich ins Moos, lehnte sich an einen Baumstamm und schlief ein.

Es kam ein warmer Wind auf, vor dem Mond jagten sich Wolkenfetzen und irgendwo in der Ferne blitzte es ununterbrochen. Aber außer dem Rauschen des Windes und einem fernen Grummeln, das von Wetterleuchten begleitet wurde, hörte man nichts. Sarah träumte und erschrak fürchterlich. Es schien ihr, als tanzten um sie herum riesengroße Gespenster im schwarzen Gewand und sahen auf sie herab, mal sah es so aus, als beugten sie sich nieder, um nach ihr zu greifen, und dann wieder, als würden sie sich über sie lustig machen. Es fauchte, knackte und krachte um sie herum. Dort, weiter unten am Boden, war das nicht ein Eber mit seinen mächtigen Hauern, der sich ihr näherte?

Sarah fiel mit dem Kopf zur Seite auf eine Laubansammlung, die der Wind aufgeschüttet hatte. Dann war es ihr, als hörte sie Hundegebell.

Sie war von dem leichten, einsetzenden Regen feucht geworden und der Mond verschwand hinter dichten Wolken. Was war das? Wieder hörte sie Hundegebell.

Dann wurde es still. Sie hörte ihren eigenen Atem. Manchmal auch ein leises Knacken irgendwo im Wald. Wo war sie nur und wie ist sie hierhergekommen? Sie zitterte vor Angst am ganzen Körper, kalter Schweiß trat auf ihre Stirn.

Timm, Thorsten und Max beschlossen in der Zwischenzeit gemeinsam in den Wald zu gehen, um Sarah zu suchen. Sie hatten einen Plan. Zuerst gingen sie ein Stück die Straße entlang und nach knapp einer halben Stunde bogen sie nach rechts in das Waldstück ein, in dem Sarah sein musste, falls sie nicht die Straße überquert hatte.

Timm hatte seinen Hund Struppi mitgenommen, der zwar eine undefinierbare Mischung, aber ein sehr kluger Hund war und gut laufen konnte. Der Hund musste an Sarahs Tuch schnuppern, das sie gestern bei Timm nach den Schularbeiten liegen gelassen hatte. Zu Hause haben sie nicht verraten, dass sie Sarah suchen wollten. Timm nahm für alle Fälle sein Handy mit. Als es schon dunkel war, rief er zu Hause an, um Bescheid zu sagen. Die Mutter hatte zwar geschimpft, da sie glaubte, dass er sich in seinem Zimmer aufhielt, sich aber wieder etwas beruhigt, weil Timm versprach, in etwa einer Stunde wieder zu Hause zu sein. Sie gingen nur Sarah suchen. Außerdem hatte er ja sein Handy mitgenommen und der Akku war aufgeladen. Sie liefen durch den Wald und riefen, so laut sie konnten. Der Hund hatte die Spur verloren. Aber von Zeit zu Zeit bellte er. Plötzlich zog er heftig an der Leine. Timm band ihn los und Struppi raste davon. Er fand Sarah und sprang freudig bellend um sie herum. Er schien vor Freude außer sich zu sein. Im Schein der Taschenlampe sahen sie auf einmal Sarah, völlig verschmutzt und reglos auf einem kleinen Laubhaufen liegen. Nun liefen auch sie rufend auf sie zu. Gott sei Dank, sie bewegte sich. Sie lebte. Es war ihr offensichtlich nichts passiert. Sarah war nur etwas verwirrt. Sie kam erst langsam zu sich. Sie konnte aber nicht laufen. Timm rief den Rettungswagen an. Schließlich wurden sie durch die Handyortung gefunden. Bange Minuten vergingen. Nach über einer halben Stunde kamen die Rettungssanitäter mit einer Trage, auf der sie das Mädchen zum Auto brachten. Timm rief zu Hause an und informierte seine Mutter.

Der Rettungssanitäter rief die Polizeidienststelle an und unterrichtete den diensthabenden Beamten von dem Vorfall. Es wurde vereinbart, das Gelände abzusperren, damit die SpuSi am Morgen eventuelle Spuren sichern konnte. Ein Techniker sperrte den Platz, an dem die Jungs Sarah gefunden hatten, großräumig ab. Timm rief wieder zu Hause an. Seine Mutter hatte sich schon große Sorgen gemacht. Nach über zwei Stunden waren sie schließlich zu Hause. Die Polizei meldete sich bei Frau Meyer:

„Guten Abend, Frau Meyer, hier ist Hauptwachmeister Klausewitz von der Polizeidienststelle drei."

Klausewitz hörte in den ersten Sekunden nur ein Schluchzen, bevor sich Frau Meyer meldete.

„Wir möchten Ihnen mitteilen, dass Ihre Tochter von den drei Jungs Timm, Torsten und Max im Wald gefunden wurde. Vermutlich kennen sie die drei."

„Ja!", krächzte es aus dem Telefon. „Aber was ist mit ihr?"

„Sie ist im Augenblick im Elisabeth-Krankenhaus zur Untersuchung. Sie können sie selbstverständlich besuchen."

„Wie geht es ihr?"

„Den Umständen entsprechend gut. Aber sie können ja anrufen!"

„Gott sei Dank. Ach, wie bin ich froh. Was ist denn passiert?"

Er gab ihr die Telefonnummer des Krankenhauses.

„Frau Meyer, könnten Sie bitte morgen um zehn Uhr zu uns ins Präsidium kommen, wir hätten noch ein paar Fragen an Sie." Inzwischen hatte Klausewitz Hauptkommissar Denkhaus über den Vorfall informiert.

„Ja, das lässt sich sicher einrichten, ich muss nur noch meine Dienststelle morgen früh anrufen."

„Gute Nacht, dann bis morgen!"

Anschließend rief Frau Meyer im Krankenhaus an. Der Arzt bat sie aber morgen Vormittag so gegen 12.00 Uhr noch einmal anzurufen, da Sarah noch unter Schock steht.

Am Vormittag des darauffolgenden Tages erfolgte die Befragung von Sarah und ihrer Mutter. Nun suchte man den Onkel, den man dringend vernehmen wollte. Man wollte wissen, was im Hause geschah, bevor Sarah flüchtete. Das Mädchen stand immer noch unter einem leichten Schock.

Frau Meyer war alleinerziehend. Aber ihr Bruder war bei ihr, um zu helfen. Er war zurzeit arbeitslos!

Der Onkel war verschwunden! Ein Suchtrupp wurde losgeschickt, da nach Lage der Dinge Suizidgefahr bestand.

Man hatte herausgefunden, dass der Bruder von Frau Meyer vor etwa zehn Jahren wegen Kindesmissbrauchs angeklagt, aber mangels Beweisen freigesprochen wurde. Die Familie hatte diesen Fall damals auch versucht unter den Tisch zu kehren.

Am späten Nachmittag hatte man ihn gefunden. Er hatte sich im Wald, unweit der Wohnung, erhängt. Einen Abschiedsbrief fand man nicht. Über diesen Fund wurde eine Nachrichtensperre verhängt. Das war verhältnismäßig einfach, da man die Suche und den Abtransport der Leiche sehr diskret durchführte. Bei der Polizei wurde nun davon ausgegangen, dass der Onkel, bald nachdem Sarah das Haus verlassen hatte, sie im Wald suchte, aber nicht fand. Auf dem Rückweg hatte er sich erhängt!

Die Zeitungen behandelten in den nächsten drei Tagen nur dieses eine Thema. Timm, Torsten und Max wurden vorgestellt und für ihren Einsatz gelobt. Hatten sie doch durch ihr Handeln wahrscheinlich Schlimmeres verhütet. Auf einer Generalversammlung in der Schule erhielten sie Urkunden für ihr beherztes Eingreifen.

Man konnte während der Schulzeit die drei noch öfter auf dem Schulhof tuscheln sehen. So oft es eben ging, war auch Sarah wieder dabei. Sie waren dicke Freunde geworden.